«La imaginación frecuentemente nos llevará a mundos que nunca existieron, pero sin ella no podemos llegar a ninguna parte».
—Carl Sagan

A mi padre, Brian Roth, otro muchacho
que contemplaba fascinado las estrellas
y que compartió esta fascinación conmigo.

Título original: Star Stuff
Publicado con el acuerdo de Roaring Brook Press,
una división de HoltzBrinck Publishing Holdings Limited Partnership,
Nueva York, y contratado a través de Sandra Bruna Agencia Literaria.
Todos los derechos reservados

© Stephanie Roth Sisson, 2014
© de la edición española:
EDITORIAL JUVENTUD, S. A., 2015
Provença, 101 - 08029 Barcelona
info@editorialjuventud.es
www.editorialjuventud.es

Traducción: Susana Tornero
ISBN: 978-84-261-4246-7
DL B 25631-2015
Núm. de edición de E. J.: 13.205
Impreso en España - *Printed in Spain*

Stephanie Roth Sisson

POLVO DE ESTRELLAS

CARL SAGAN y los MISTERIOS del COSMOS

Andrómeda →

← Triangulum

← Vía Láctea

EDITORIAL JUVENTUD * BARCELONA

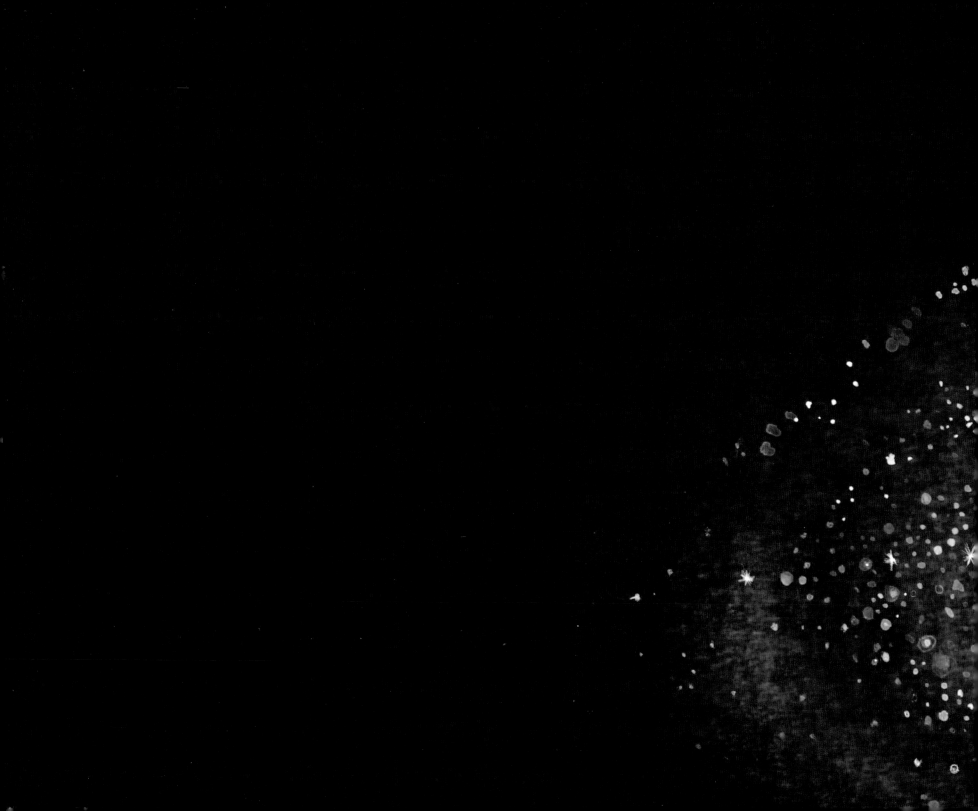

En la galaxia de la Vía Láctea . . .

Nuestro Sol

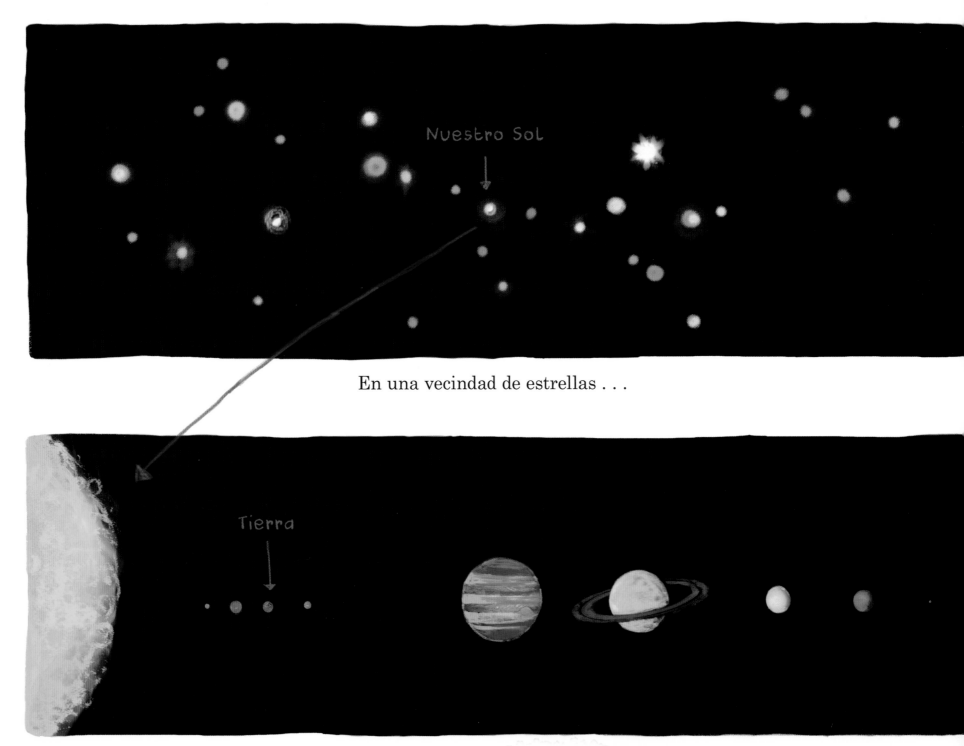

Nuestro Sol

En una vecindad de estrellas . . .

Tierra

En el tercer planeta de nuestro sol . . .

En una gran ciudad . . .

En un pequeño piso . . .

Vivía un muchacho llamado Carl.

Carl sentía curiosidad por todo.

El mundo que le rodeaba
le parecía asombroso.

La imaginación lo trasladaba
más allá de su barrio.

La Exposición Universal no podía
compararse a nada de lo que había
visto hasta entonces.

Había un hombre
mecánico.

¡UaLa!

Y una cápsula del
tiempo llena de
mensajes para el futuro.

Por la mañana, Carl salió dispuesto a descubrir la respuesta.

No era el libro apropiado.   Pero cuando le llegó el libro apropiado,

el corazón de Carl empezó latir más y más fuerte a medida que iba pasando las páginas.

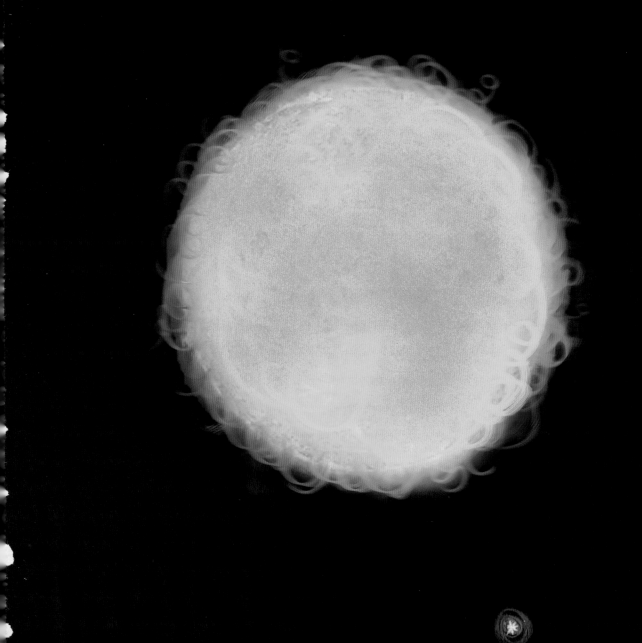

Carl leyó que muchos científicos sospechaban
que otras estrellas también tenían planetas
dando vueltas a su alrededor.

Nuestro sol es una gran bola de gases incandescentes, compactada por su propia gravedad. Nueve planetas, incluida la Tierra, orbitan a su alrededor en nuestro sistema solar.

Carl sentía curiosidad.

Imaginaba lo que se encontraría si pudiera viajar a las estrellas.

Colonia lunar
Tierra Unida

Estación de Saturno

Asociación Tierra Unida para la Exploración del Espacio Planetario e Interestelar *

Central de Júpiter

Leía historias escritas por personas que imaginaban cómo sería la vida en otros planetas. Su personaje favorito, John Carter, extendía los brazos y podía trasladarse a Marte con solo desearlo . . .

Pero no pasaba nada.

Carl se marchó para aprender más. Estudió la vida y el espacio y se convirtió . . .

. . . en el Doctor Carl Sagan.

Carl quería saber cómo eran realmente los demás planetas. Trabajó con otros científicos para enviar exploradores mecánicos a investigar los planetas más cercanos al nuestro.

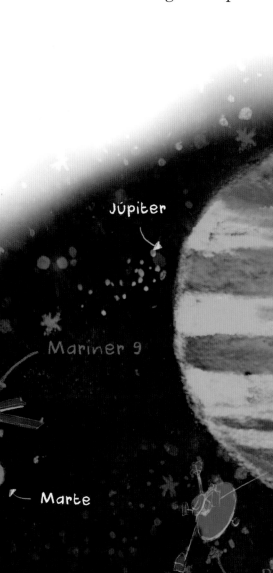

Júpiter

Mariner 9

Venus

Marte

Mariner 2

Pioneer 10

Tierra

Viking 1

Marte

Tomaron fotos y recopilaron datos que
luego enviaron a la Tierra.

A Carl se le ponía la piel de gallina cuando pensaba en todo lo que había aprendido sobre las estrellas, los planetas y el principio de la vida. Quería que todo el mundo lo entendiera para que pudieran sentirse parte de las estrellas, tal como le pasaba a él.

Así que fue a la televisión.

La Tierra
y todos los seres
vivos están hechos de
polvo de estrellas.

Las estrellas formaron los ingredientes de la vida. ¿Y si estos ingredientes se hubieran convertido en vida también en algún otro lugar?

Carl y sus colegas científicos se prepararon para enviar las naves espaciales *Voyager 1* y *Voyager 2* a un gran viaje más allá del sistema solar para recopilar más fotografías y datos. A partir de allí, su destino sería las estrellas.

Una idea maravillosa cautivó a Carl.

Tierra

Voyager 1

Voyager 2

Un mensaje de nuestro mundo podría ir adherido a cada nave espacial, como si fuera una cápsula del tiempo, para llevarlo más allá de nuestra estrella.

Sonidos

Saludos

Hola y saludos a todos

Οὔτινές

Namaskar, bishwer shanti hok

Hello from the children of planet Earth.

Herzliche Grüße an alle.

Pensamos que sería de mala educación no saludar.

Música

Latido
del corazón

Imágenes

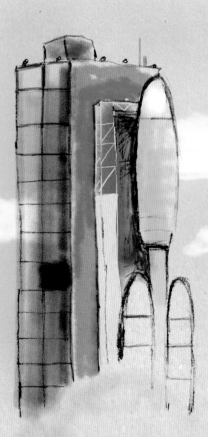

Las naves gemelas *Voyager*
despegaron hacia el espacio llevando
su amistoso saludo.

Viajaron a través
de nuestro sistema solar

y siguieron viajando más allá
de lo que nunca antes habían viajado
otras naves espaciales.

Un hombre curioso hecho de polvo de estrellas envió una nave espacial a la aventura para explorar el espacio más allá de nuestra vecindad de planetas. Las naves *Voyager* prosiguen su viaje por el espacio interestelar, llevadas por la imaginación de un muchacho llamado Carl.

Nota de la autora

De niña, la ciencia me parecía aburridísima. Se me antojaba algo distante y sin sentido. Más tarde, en 1980, pasó algo que cambió por completo lo que yo pensaba sobre la ciencia: hicieron por la tele *Cosmos: un viaje personal*, de Carl Sagan. En tan solo trece episodios, el doctor Sagan condujo a los telespectadores del principio del universo al momento presente. Explicó lo que entendían los científicos y sugirió lo que quizás entenderíamos algún día. Después de ver la serie, empecé a ver el mundo de un modo distinto. El amor que el doctor Sagan sentía por el tema era contagioso, y el hecho de que estuviéramos hechos de polvo de estrellas me produjo una sensación de gran alegría. Como le pasaba a él, ¡me llena de entusiasmo pensar en nuestros futuros descubrimientos!

Lo más difícil a la hora de escribir una biografía de Carl Sagan es que era muchas cosas a la vez: padre, explorador, activista, educador, astrofísico, filósofo, optimista y escéptico, poeta y autor de ciencia ficción. Estuvo en la vanguardia de la exploración espacial moderna durante más de 45 años: instruyó a los astronautas del *Apolo* antes de su viaje a la Luna, especuló sobre la vida en otros planetas, y ayudó a enviar sondas espaciales no tripuladas para investigar el espacio. La misión del *Voyager* fue el más grande de estos proyectos y encarna tanto su dedicación a los descubrimientos científicos, como su buena voluntad, al incluir el disco de oro de los Sonidos de la Tierra.

El amor de Carl Sagan por la ciencia ficción y su imaginación siempre activa combinada con sus conocimientos científicos, le otorgaban una voz única. Escribió libros, ensayos y artículos, y explicó por televisión los grandes descubrimientos de la ciencia a millones de personas de todo el mundo.

Esta biografía pretende contar la historia de cómo un muchacho de Bensonhurst, Brooklyn, Nueva York, se convirtió en uno de los científicos más apreciados y reconocidos de todo el mundo. ¿Cómo pasó Carl Sagan de pensar en las estrellas cuando era niño a explorarlas con sus investigaciones científicas?

Él decía de sí mismo:

> *«Tuve la enorme suerte de nacer en el momento oportuno para poder ver, de algún modo, satisfechas todas estas ambiciones infantiles. He estado participando en la exploración del sistema solar, estableciendo un asombroso paralelo con la ciencia ficción de mi infancia... Para mí, la continuidad entre la maravilla infantil y la ciencia ficción temprana hasta la realidad profesional ha sido completa. Nunca pensé "Vaya, esto no se parece en nada a lo que había imaginado", sino todo lo contrario: es exactamente tal como lo había imaginado. Y me siento enormemente afortunado».*

Gracias a su fascinación, imaginación y amor por la ciencia, Carl supo que formaba parte de un mundo mucho más grande. En el universo, se sentía realmente como en casa.

Agradecimientos especiales

Gracias a mis padres, Brian y Marlies Roth, que me dieron mi primer libro de Carl Sagan cuando era niña; a mi grupo de críticos, que padecieron la primera docena de borradores de este libro, especialmente Sharon Lovejoy. Gracias a Abigail Samoun y Katherine Jacobs, que vieron el potencial de esta historia y que cuidaron de mí durante el proceso. Y muchísimas gracias a Fred, mi marido, que me animó a embarcarme en esta historia y a seguir adelante.

Notas de las ilustraciones

Portada: Hay más de 50 galaxias en nuestro grupo galáctico local, y cada año se descubren más.

1: Nuestra galaxia, la Vía Láctea, comprende cientos de miles de millones de estrellas, y nuestro sol es tan solo una de ellas.

2-3: Nuestra vecindad interestelar se encuentra en el brazo de Orión, en la galaxia de la Vía Láctea. Los planetas no están dibujados a escala.

4-5: Carl vivió en el barrio de Bensonhurst de Brooklyn, Nueva York, habitado mayoritariamente por inmigrantes. El padre de Carl trabajaba en una fábrica de ropa y su madre se quedó en casa para ocuparse de él y de su hermana pequeña. Sus padres lo adoraban y estimulaban su curiosidad.

6-7: Carl dijo: «Recuerdo el final de un día largo y perfecto de 1939, una jornada que influyó enormemente en mi pensamiento, el día en que mis padres me llevaron a ver las maravillas de la Exposición Universal de Nueva York».

12-13: Carl dijo que tras la lectura de su primer libro sobre estrellas «La escala del universo se abrió para mí… Había algo magnífico en ello, una grandiosidad, una escala que nunca me ha abandonado». En aquel momento se consideraba que había nueve planetas en nuestro sistema solar.

14: Cuando Carl tenía ocho años, creía que debía de haber vida en otras partes del universo.

15: Este dibujo lo hizo Carl cuando tenía unos 10 años. Por aquel entonces aún faltaban 25 años para que los humanos llegaran a la Luna.

16-17: La ciencia ficción espoleó la curiosidad de Carl. A los 10 años, le encantaba la serie de libros sobre Marte de Edgar Rice Burroughs. Más tarde, hizo amistad con otros escritores que le influyeron, como Arthur C. Clark, Isaac Asimov y Ray Bradbury. Carl también escribió una novela de ciencia ficción llamada *Contacto*, que más adelante fue llevada al cine.

18-19: Carl fue a la Universidad de Chicago y a la Universidad de California, Berkeley, y se doctoró a los 26 años.

20-21: Carl participó de algún modo en casi todas las misiones de exploración espacial de la NASA, y le encantaba la sorpresa de los nuevos descubrimientos. Decía: «Ver las primeras imágenes próximas de un mundo nunca antes visto es una gran alegría en la vida de un científico planetario». Aquí aparece el *Mariner 2*, que fue la primera sonda espacial que experimentó un encuentro planetario con Venus; el *Mariner 9*, el primero en orbitar Marte, y el *Pioneer 10*, que realizó la primera misión a Júpiter. La pantalla del ordenador de Carl era en blanco y negro, pero la he dibujado en color para establecer una conexión visual entre la pantalla y el aterrizaje del *Mariner*.

22-23: Carl creía firmemente que las personas debían poseer conocimientos científicos. Apareció en el famoso programa de Johnny Carson 26 veces; su serie de televisión *Cosmos* fue vista por un mínimo de 500 millones de personas en todo el planeta y ganó la medalla Peabody.

24-25: Carl quería que la gente entendiera que no solo somos parte de este mundo y este cosmos, sino que nosotros y nuestro mundo en realidad estamos hechos de la misma materia orgánica que las estrellas. Las estrellas que ves en el cielo no son solamente luces centelleantes: ¡nosotros somos hijos de las estrellas!

26-27: Carl encabezó el equipo de personas que crearon el mensaje que sería incluido en las naves *Voyager 1* y *2*. Intentaron ofrecer una representación amplia de las personas y la vida de la Tierra. Carl incluyó música que expresara soledad y deseos de conectar. Los discos de oro incluían una grabación realizada por Nick, el hijo de seis años de Carl, que decía: «Saludos de los niños del planeta Tierra». También fue grabado el latido del corazón de Ann Druyan, futura esposa de Carl, cuando se enamoró de él. Ann decía que las grabaciones eran un mensaje a otros posibles seres vivos. «Queremos ser ciudadanos del cosmos. Queremos que sepan de nosotros».

28-29: En 1990, Carl pidió a las cámaras de la nave *Voyager 1* que tomaran una última foto antes de apagarlas para siempre: una foto de la Tierra. Esta foto se conoce como «Un punto azul pálido», y Carl escribió un famoso ensayo con el mismo título. Las sondas espaciales *Voyager* son ahora los objetos de fabricación humana más alejados de la Tierra. El 12 de septiembre de 2013, la NASA confirmó que la *Voyager 1* se había convertido en el primer objeto de fabricación humana que abandonaba nuestro sistema solar y entraba en el espacio interestelar. Probablemente seguirá viajando durante miles de millones de años.

Biografía y fuentes

El portal de Carl Sagan: carlsagan.com.

Cosmos: un viaje personal. Dirigido por Adrian Malone. PBS, 1980.

Davidson, Keay. *Carl Sagan: A life*. Nueva York, John Wiley & Sons, 1999.

Head, Tom, ed. *Conversations with Carl Sagan*. Jackson, Mississippi, University Press of Mississippi, 2006.

La página de Sagan de la NASA: solarsystem.nasa.gov/people/profile.cfm?Code=SaganC.

Poundstone, William. *Carl Sagan: Una vida en el cosmos*. Ed. Akal, 2015.

Radiolab (programa de radio), «*Carl Sagan and Ann Druyan's Ultimate Mix Tape*»: npr.org/2010/02/12/123534818/carl-sagan-and-ann-druyans-ultimate-mix-tape.

Sagan, Carl, et al. *Murmullos de la Tierra: el mensaje interestelar del Voyager*. Ed. Planeta, 1981.

Sagan, Carl. *Cosmos*. Ed. Planeta, 2004.

Sagan, Carl. *Un punto azul pálido: una visión del futuro humano en el espacio*. Ed. Planeta, 1995.

Sagan, Carl. «*Wonder and Skepticism*», discurso en la Conferencia del CSICOP, Seattle, WA, 23-26 de junio. Revista *Skeptical Inquirer* 19, n.º 1, enero/febrero 1995.

Sagan, Carl. *El mundo y sus demonios: la ciencia como una luz en la oscuridad*. Planeta, 2005.

Sagan, Carl. *Miles de millones: pensamientos de vida y muerte en la antesala del milenio*. Ed. Punto de Lectura, 2000.

Spangenburg, Ray y Kit Moser. *Carl Sagan: A Biography*. Nueva York: Prometeus Books, 2009.

Disco de oro de la *Voyager*: goldenrecord.org

Fuentes de las notas

Guarda: «La imaginación frecuentemente nos llevará a mundos que nunca existieron, pero sin ella no podemos llegar a ninguna parte». Sagan, *Cosmos*.

23: «La materia que nos forma se generó hace mucho tiempo en lejanas y gigantes estrellas rojas». *Cosmos: un viaje personal*, «Viajes a través del espacio y el tiempo».

24: «La Tierra y todos los seres vivos están hechos de polvo de estrellas». *Cosmos: un viaje personal*, «Viajes a través del espacio y el tiempo».

30: «Tuve la gran suerte…». Sagan, «*Wonder and Skepticism*».

31: «Recuerdo el final de un día largo y perfecto de 1939…». Sagan, *Miles de millones*.

31: «La escala del universo se abrió para mí…». Davidson, *Carl Sagan: una vida*.

31: «Ver las primeras imágenes próximas de un mundo nunca antes visto es una gran alegría en la vida de un científico planetario». *Cosmos: un viaje personal*, «Historias de viajeros».

31: «Queremos ser ciudadanos del cosmos…». Radiolab.